W0058393

Mark Twain

Adam & Evas Tagebuch

Mark Twain

Adam & Evas Tagebuch

*Die erste
Liebesgeschichte*

Neu übertragen und herausgegeben von Robert Rothmann
Illustrationen von Karsten Lackmann,
Seite 9 und 51: Franz Gabriel Walther

Bibliografische Information der Deutschen Nationalbibliothek
Die Deutsche Nationalbibliothek verzeichnet diese Publikation in der
Deutschen Nationalbibliografie;
detaillierte bibliografische Daten sind im Internet über
http://dnb.d-nb.de abrufbar.

Besuchen Sie uns im Internet:
www.st-benno.de

ISBN 978-3-7462-3041-2
© St. Benno-Verlag GmbH
Stammerstr. 11, 04159 Leipzig
Umschlag: Ulrike Vetter, Leipzig, unter Verwendung einer Illustration
            von Franz Gabriel Walther, Halle/Saale
Gesamtherstellung: Arnold & Domnick, Leipzig (B)

Inhaltsverzeichnis

Vorwort 6

Adams Tagebuch 9

Evas Tagebuch 51

Auszug aus Adams Tagebuch 76

Evas Tagebuch
Fortsetzung 82

Nach dem Sündenfall
(Auszug aus Evas Tagebuch) 88

Vierzig Jahre später
(Auszug aus Evas Tagebuch) 92

Vorwort

Wer kennt nicht die Bücher von Mark Twain über Tom Sawyer und Huckleberry Finn? Spannende Geschichten, die heute noch genauso verschlungen werden wie damals. Mit Helden, die eben nicht das tun, was man gemeinhin von Kindern und Heranwachsenden erwartet, sondern die Außenseiter sind und das tun, was sie für richtig halten. Letztendlich stehen aber doch Werte wie Freundschaft, Hilfsbereitschaft und Treue im Mittelpunkt und die Außenseiter entpuppen sich als die ehrlicheren Menschen. Genau dieses Thema findet sich auch in den Tagebüchern von Adam und Eva wieder, welche in Auszügen erstmals 1893 erschienen und komplett und aufwändig illustriert 1906 herausgegeben wurden. Twain ist ein Meister der Ironie: Das biblische Geschehen verlegt er an den Niagarafall und erzählt meisterhaft die Sicht der beiden Geschlechter auf die Dinge des Alltags, vor allem auf das Zusammenleben. So treffsicher und aktuell erscheinen uns die fast psychologischen Wahrheiten, dass einem manche der aktuellen Bestseller zum Thema Geschlechterdifferenz wie ein lauwarmer Abklatsch vorkommen. Zumal die intelligente Verbindung von literarischer Grundlage – der Bibel – und witzigen Anachronismen, vor allem sprachlicher Art, einzigartig erscheint. Die beiden Helden sind ebenfalls keine perfekten Menschen und trotzdem gewinnen wir die beiden schnell lieb: Adam, der Einzelgänger, der seine Ruhe haben und seinen Hobbys – der Jagd, dem Hausbau und dem Schwimmen im Wasserfall – nachgehen will und der erst nach und nach erkennt, was er an Eva hat. Und Eva in ihrer romantischen und trotzdem praktischen Art, die gerne redet, Blumen pflückt, die Sterne betrachtet und den Garten Eden in Ordnung hält. Sie liebt in Adam den Menschen, auch wenn er zunächst kein Interesse an ihr zeigt und auch kaum liebenswerte Eigenschaften aufweist. Sie ist es auch, die letztlich die Geschichte voranbringt, Dingen einen Namen gibt und die Frucht der Erkenntnis isst. Damit bringt sie den Tod, aber gleichzeitig auch die Liebe in die Welt. Dass sie später den Sündenfall Adam in die Schuhe schiebt ... Aber lesen Sie selbst und lassen Sie sich von der liebevollen Ironie Mark Twains ein wenig zum Nachdenken anregen.

Robert Rothmann

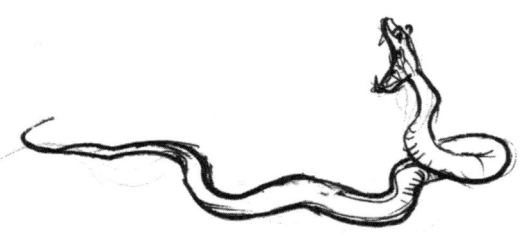

Adams
Tagebuch

Montag.

Dieses neue Geschöpf mit dem langen Haar fängt an, mir sehr im Wege zu sein. Es ist immer hinter mir her und treibt sich beständig um mich herum. Ich mag das nicht; ich bin nicht an Gesellschaft gewöhnt. Ich wünschte, es bliebe bei den übrigen Tieren. Es ist heute bewölkt; denke, wir werden Regen bekommen. Wir? Wer ist wir? Woher habe ich das Wort? Ich erinnere mich jetzt – das neue Geschöpf gebraucht es immer.

Dienstag.

Habe den großen Wasserfall untersucht. Er ist das Beste auf dem ganzen Grundstück, sollt ich meinen. Das neue Geschöpf nennt ihn den „Niagarafall" – habe auch nicht die blasseste Ahnung, weswegen. Wenn es sagt, das Ding sehe aus wie „Niagara", so hat das keinen Sinn. Es ist nur so ein Einfall, nur leeres

Geschwätz. Ich selber komme gar nicht mehr dazu, irgendetwas zu benennen. Das neue Geschöpf tauft alles, was uns gerade in die Quere kommt, ehe ich auch nur den geringsten Einwand dagegen erheben kann. Und das immer unter einem und demselben Vorwand, dass es so „aussehe". Da kommt zum Beispiel der Dodo. Kaum, dass ich ihn erblickt habe, sagt das Geschöpf: „Das sieht wie ein Dodo aus." Kein Zweifel, der Name wird dem Vogel bleiben. Aber warum darüber aufregen, es nützt ja doch nichts. Dodo! Es sieht einem Dodo nicht ähnlicher als ich.

Mittwoch.

Habe mir einen Unterschlupf gegen den Regen gebaut. Aber ich konnte ihn nicht friedlich für mich behalten. Das neue Geschöpf war gleichfalls sofort drinnen. Als ich es hinauszudrängen versuchte, vergoss es Wasser aus den beiden Löchern, mit welchen es sieht, wischte es mit dem Rücken seiner Pfoten fort und gab dabei Töne von sich wie verschiedene der anderen Tiere, sobald ihnen etwas wehtut oder sie sich fürchten. Wenn es nur nicht reden wollte! Es schwatzt beständig. Das klingt fast wie Hohn und Spott, als wollte ich mich über das arme Geschöpf lustig machen. Aber die Absicht liegt mir fern. Ich habe die menschliche Stimme nie zuvor gehört und jeder neue und fremde Laut, welcher das feierliche Schweigen in dieser träumerischen Einsamkeit unterbricht, beleidigt mein Ohr wie eine falsche Note. Und obendrein ist dieser neue Laut immer so nahe bei mir, er ist dicht an meiner Schulter, dicht an meinem Ohr, erst auf dieser, dann auf der andern Seite; und ich war nur gewöhnt, Laute zu hören, die mehr oder weniger entfernt von mir sind.

Freitag.

Das Benennen geht unaufhaltsam weiter, ich mag dagegen tun, was ich will. Ich hatte für das große Grundstück hier einen sehr guten Namen erfunden, der hübsch war und musikalisch zugleich – Garten von Eden. Ich gebrauche den Namen jetzt noch, aber nicht öffentlich, nur verstohlen. Das neue Geschöpf sagt, man sehe in der ganzen Landschaft nur Wald, Felsen und Wasser; sie erinnere nicht im mindesten an einen Garten, sondern sehe aus wie ein Park und wie nichts anderes. So hat es ihm denn, ohne mich weiter zu fragen, den Namen Niagarafall-Park gegeben. Das ist eigenmächtig genug, sollte ich meinen. Und schon kann man auf dem Grase eine Tafel mit der bekannten Warnung sehen: „Betreten des Rasens verboten".

Mein Leben ist nicht mehr so glücklich wie früher.

Samstag.

Das neue Geschöpf isst zu viel Früchte. Wir werden wahrscheinlich bald Mangel daran haben. Schon wieder „Wir" – das ist sein Wort und ich habe es vom vielen Hören nun auch schon angenommen. Ziemlich neblig heute früh. Ich selbst gehe nicht in den Nebel hinaus. Aber das neue Geschöpf tut es. Es geht bei jedem Wetter raus und kommt dann mit schmutzigen Füßen wieder hereingestampft. Dabei spricht es fortwährend, früher war es hier so angenehm und ruhig.

Sonntag.

Hab ihn glücklich hinter mir. Dieser Tag wird immer ermüdender. Der Sonntag wurde im letzten November zum Ruhetag gewählt und abgesondert. Früher hatte ich in jeder Woche schon sechs solche Tage. Und heute? Heute morgen fand ich das neue Geschöpf, wie es mit Erdklumpen nach dem verbotenen Baum warf, um die Äpfel herunterzuholen.

 ## *Montag.*

Das neue Geschöpf sagt, sein Name sei Eva. Das ist ganz recht und ich will nichts dagegen einwenden. Es sagt, der Name sei dazu da, damit ich es rufen könne, wenn ich es bei mir zu haben wünsche. Darauf erwiderte ich, dass der Name dann überflüssig sei. Diese Bemerkung hob mich augenscheinlich in der Achtung des neuen Geschöpfs. Und wirklich, das Wort „überflüssig" ist sehr gut und von allgemeiner Bedeutung; es verdient bei jeder Gelegenheit wiederholt zu werden. Darauf sagte mir das Geschöpf, dass es gar kein „Es", sondern eine „Sie" sei. Das ist zum mindesten zweifelhaft; aber mir ist's einerlei; sie mag sein, was sie will, wenn sie nur ihrer Wege gehen und nicht ständig reden wollte!

Dienstag.

Sie hat das ganze Gelände durch widerliche Wegweiser mit abscheulichen Namen verschandelt:

Zur Stromschnelle

Zur Ziegeninsel

Zur Höhle der Winde.

Sie sagt, dieser Park würde eine äußerst erquickende und reinliche Sommerfrische abgeben für den Fall, dass sich Säfte dafür finden ließen. Sommerfrische – was heißt das? Offenbar wieder so 'ne neue Erfindung ihres rastlosen Hirns und ihres noch ruheloseren

Mundes – Worte ohne jeden Sinn. Was ist eine Sommerfrische? Aber besser, ich frage sie gar nicht erst danach – sie hat ohnehin eine wahre Sucht, alles zu erklären.

Freitag.

Seit Kurzem fleht sie mich an, nicht mehr über den Wasserfall zu gehen, wie ich es mir angewöhnt hatte. Wem geschieht denn damit etwas zuleide? Sie sagt, es mache sie schaudern. Ich möchte nur wissen, warum? Ich habe es immer getan, seit ich hier bin. Das Hineinspringen, das Untertauchen und die Aufregung dabei machen mir den größten Spaß. Und dann die Kühle, wenn es sonst heiß ist! Ich habe auch immer gedacht, dass der Fall gerade deswegen da wäre. Wenigstens hat er – soweit ich sehen kann – sonst keinen Zweck und irgendeinen Zweck muss er doch haben. Und jetzt kommt sie und sagt, die ganze Geschichte wäre nur um der malerischen Szenerie willen da – wie das Rhinozeros und das Mastodon.

Bin darauf in einem Fass über den Fall hinuntergesegelt – auch das war nicht nach ihrem Geschmack. Dann in einer Waschbutte, – sie war noch immer nicht zufrieden. Ich schwamm durch den Strudel unterhalb des Falls und durch die Stromschnellen oberhalb des Falls in einem nagelneuen Schwimmanzug von Feigenblättern, der dabei fast in Fetzen ging. Da bekam ich endlose Vorwürfe wegen meiner Verschwendungssucht. Ich fühle mich hier von allen Seiten eingeengt. Ein Ortswechsel würde mir gut tun.

Samstag.

Am Abend des letzten Dienstags bin ich durchgebrannt und habe mir dann, nachdem ich zwei Tage drauflosgewandert war, einen neuen Unterschlupf gebaut, an einer ganz abgelegenen Stelle. Aber wie sehr ich auch bemüht gewesen war, meine Spuren zu verwischen und zu verbergen – sie hat mich doch aufgespürt mit Hilfe eines Tieres, welches sie gezähmt hat und „Wolf" nennt; sie stürzte plötzlich zu mir herein, machte wieder das klägliche Geräusch, das ich nicht hören mag, und ließ das Wasser aus den beiden Löchern, mit denen sie sieht, hervorschießen. Es blieb mir nichts anderes übrig, als mit ihr zurückzugehen – aber ich werde sofort wieder ausreißen, wenn sich die Gelegenheit bietet. Sie gibt sich mit allerlei ganz überflüssigen Dingen ab. Unter anderem versucht sie herauszubekommen, warum die Tiere, welche Löwen und Tiger heißen, auf diesem großen Grundstück von Gras und Blumen leben, während sie doch nach ihrer Meinung eine Art Zähne haben, die deutlich beweist, dass sie bestimmt sind, einander aufzufressen.

Das ist einfach Narrheit. Denn dazu müssten sie sich gegenseitig umbringen und dies würde – soweit ich informiert bin – den Tod zur Folge haben. Mir ist aber gesagt worden, dass der Tod hier noch nicht hergekommen ist – was in gewisser Weise auch bedauerlich ist.

Sonntag.

Habe ihn glücklich hinter mir.

Montag.

Ich glaube, jetzt dahintergekommen zu sein, wozu die Woche da ist: Sie soll einem Zeit geben, um sich von der Ermüdung des Sonntags zu erholen. Das ist gar keine schlechte Idee. Ich habe Eva schon wieder an dem verbotenen Baum erwischt. Sie war hinaufgeklettert und ich warf mit Erdklumpen nach ihr, bis sie herunterkam und sagte, es hätte ja niemand gesehen. Ich glaube, sie hält das für eine genügende Rechtfertigung, um die gefährlichsten Dinge zu tun. Sagte ihr es auch ins Gesicht. Das Wort Rechtfertigung erregte ihre Bewunderung und zugleich, wie mir schien, ihren Neid. Es ist aber auch ein sehr gutes Wort.

Dienstag.

Das Neueste, was sie mir gesagt hat, ist, dass sie aus einer von meinem Körper genommenen Rippe gemacht sei. Das scheint mir eine gewagte Behauptung. Mir hat doch nie eine Rippe gefehlt! Besonderes Kopfzerbrechen macht ihr seit einiger Zeit der junge Bussard, mit dem sie sich so viel abgibt. Sie sagt, er könne kein Gras vertragen, und fürchtet daher, ihn nicht aufziehen zu können, weil er, wie sie sich einbildet, verwestes Fleisch zur Nahrung haben müsse. Ein Bussard sollte sich, meiner Meinung nach, mit dem begnügen, was vorhanden ist. Man kann doch nicht bloß dem Bussard zuliebe die ganze Ordnung der Dinge umkehren.

Samstag.

Gestern fiel sie in den Teich, als sie sich zu weit vorbeugte, um sich im Wasser zu betrachten. Sie tut das immer, sobald sie an einen Teich kommt, nur ist sie bis jetzt noch nicht hineingefallen. Sie hat so viel Wasser geschluckt, dass sie beinahe erstickte. Das sei ein höchst unbehagliches Gefühl, erklärte sie, als sie wieder draußen war. Es machte sie auch traurig wegen der Geschöpfe, welche im Wasser leben müssen und die sie Fische nennt. Sie hat nämlich noch immer nicht aufgehört, allen möglichen Dingen ganz unnütze Namen anzuhängen. Sie kommen gar nicht, wenn sie den Namen ruft. Das ist reiner Blödsinn, stört sie aber nicht. Die Folge war, dass sie gestern Abend eine ganze Menge Fische einfing, hereinbrachte und, damit sie warm werden möchten, in mein Bett tat. Aber ich habe sie seitdem beobachtet und die Wahrnehmung gemacht, dass sie durchaus nicht glücklicher schienen als zuvor. Nur viel stiller sind sie den ganzen Tag gewesen. Und wenn es wieder Nacht wird, werde ich sie einfach vor die Türe werfen und nicht wieder mit ihnen schlafen, denn sie sind unangenehm schleimig und nasskalt, und das Liegen zwischen ihnen ist, vor allem wenn man nichts anhat, höchst unbehaglich.

Sonntag.

Habe ihn glücklich hinter mir.

Dienstag.

Jetzt hat sie sich mit einer Schlange eingelassen. Die anderen Tiere sind froh, weil sie beständig an ihnen herumhantierte und sie nicht in Ruhe ließ – auch ich freue mich darüber, weil die Schlange gleichfalls spricht und ich mich etwas erholen kann.

Freitag.

Sie sagt mir, die Schlange habe ihr geraten, die Frucht von dem Baum zu kosten, und ihr versprochen, dass das Ergebnis eine große, schöne und edle Fortentwicklung sein werde. Ich sagte ihr, es würde noch etwas anderes daraus entstehen – der Tod würde in die Welt kommen. Aber das war ein großer Fehler von mir und ich hätte ungleich besser getan, die Bemerkung für mich zu behalten. Es brachte sie nur auf den Gedanken, dass sie dann den kranken Bussard gesund machen und den trübselig einherschleichenden Löwen und Tigern frisches Fleisch zur Nahrung verschaffen könnte. Ich riet ihr noch einmal aufs Dringendste, von dem Baum fortzubleiben. Sie sagte, sie wollte es nicht. Ich sehe allerlei Unannehmlichkeiten voraus und denke wieder ans Auswandern.

Mittwoch.

Ich habe eine bunte Zeit hinter mir. An jenem Abend bin ich ausgerissen und die ganze Nacht hindurch geritten, so schnell mein Pferd nur laufen konnte, in der Hoffnung, aus dem Park herauszukommen und ein anderes Land zu erreichen, bevor die ganze Not hereinbrach. Aber das sollte mir nicht gelingen.

Eine Stunde nach Sonnenaufgang hatte ich die Grenze noch immer nicht erreicht. Dafür befand ich mich auf einer grasigen, mit Blumen bedeckten Ebene, auf der Tausende von Tieren versammelt waren, teils schlafend, teils grasend, teils miteinander spielend, wie das bei den Tieren Brauch war. Aber plötzlich stießen sie allesamt ein entsetzliches Gebrüll und Geheul aus und schon im nächsten Augenblick lief auf der ganzen Ebene alles wirr durcheinander. Wie rasend fielen die Tiere übereinander her und zerfleischen sich gegenseitig. Ich hätte so etwas nie für möglich gehalten, doch wusste ich sofort, was es zu bedeuten hatte – Eva hatte von der verbotenen Frucht gegessen und im selben Augenblick war auch der Tod in die Welt gekommen! Die Tiger stürzten sich auf mein Pferd und zerrissen es, ohne sich weder an meine Bitten noch an meine Befehle zu halten. Ja, sie würden mich selber gefressen haben, hätte ich mich nicht schnell aus dem Staube gemacht. Jenseits der Grenze des Parks fand ich diesen Platz und hier fühlte ich mich ein paar Tage äußerst glücklich, bis – sie mich auch hier entdeckt hatte und plötzlich vor mir stand. Das Merkwürdige dabei war, dass mir das eigentlich gar nicht so unangenehm schien, wie ich es mir vorher vielleicht vorgestellt hatte. Auch sie fand den Platz gar nicht übel und hatte natürlich wieder sofort einen Namen für ihn – Tonawanda –, weil er gerade so aussah. Schließlich war ich sogar ganz froh, dass sie

mich gefunden hatte, da es hier herum weder Früchte noch Beeren gab wie drüben im Park und sie ein paar von den Äpfeln des verbotenen Baumes mitgebracht hatte. Ich war so hungrig, dass ich mich genötigt sah, sie zu verspeisen. Eigentlich ging es gegen meine Grundsätze – aber ich habe damals entdeckt, dass der Mensch seinen Grundsätzen nur treu zu bleiben pflegt, wenn er genug zu essen hat. Auch etwas Neues habe ich an ihr entdeckt. Sie kam in einer Art Umhüllung von Zweigen und Laubgewinden und als ich sie fragte, was dieser neue Unsinn bedeuten solle, ihr das ganze grüne Zeug herunterriss und es auf die Erde warf – da zitterte sie an allen Gliedern und wurde rot im Gesicht. Ich hatte noch nie jemanden zittern und rot werden sehen, es schien mir nicht nur unschön, sondern geradezu blödsinnig. Sie sagte aber auf meine Frage nur: Ich würde das bald an mir selbst erfahren. Und darin hatte sie recht. Denn trotz meines Hungers legte ich den Apfel halb angebissen beiseite – es war obendrein der feinste, den ich je gekostet habe, und dazu bei so vorgeschrittener Jahreszeit – und fing an, mich selber mit dem Grünzeug zu behängen, das ich ihr eben vom Leibe gerissen hatte. Dann sah ich sie an, wie sie so dastand, und befahl ihr mit Entrüstung, mehr Zweige und Blätter zu holen, weil es sonst ein Skandal sei. Sie gehorchte mir mit Eifer und dann schlichen wir beide nach dem Platz zurück, wo die wilden Tiere vorhin die Vernichtungsschlacht gekämpft hatten, und sammelten einige von den Fellen. Ich befahl ihr, daraus für uns ein paar Anzüge zusammenzunähen, in denen wir uns öffentlich zeigen könnten. Sie sind hart und unbequem, aber jedenfalls nach der neuesten Mode und das ist ja schließlich bei Kleidern die Hauptsache. Ich finde neuerdings auch, dass sie eine ganz gute Gesellschafterin ist. Ohne sie würde ich jetzt recht einsam und traurig sein, nachdem ich meinen Grundbesitz verloren habe. Überdies hat sie mir eben gesagt, dass wir nach der neuen Ordnung der Dinge fortan für unsern Lebensunterhalt arbeiten müssen. Da kann sie sich nützlich machen. Sie wird arbeiten und ich werde die Aufsicht führen.

Zehn Jahre später.

Jetzt wirft sie mir doch tatsächlich vor, ich sei an unserem Unglück schuld. Mit völlig aufrichtiger und unschuldiger Miene erklärt sie mir, dass die Schlange gesagt hätte, die verbo-

tenen Früchte seien keine Äpfel, sondern
Pflaumen. Ich sagte, dass ich dann unschuldig
sei, da ich ja gar keine Pflaumen gegessen
hätte. Darauf erwiderte sie, »Pflaume« sei eine
Metapher und stehe für einen alten, abgestan-
denen Witz. Ich erbleichte, denn ich hatte mir,
wenn mir langweilig war, viele lustige Sachen
ausgedacht. Natürlich könnten auch einige
davon alt und abgestanden sein, auch wenn
ich fest der Meinung gewesen sei, dass sie neu
waren, als ich sie mir ausdachte. Sie wollte also
wissen, ob ich mir zur Zeit des Unglücks so

einen Witz ausgedacht hätte. Ich musste gestehen, dass es so war, wenn auch nur in Gedanken, im Stillen. Es handelte sich dabei um folgenden witzigen Gedanken:

Ich dachte an den Wasserfall und sagte zu mir: »Was für ein herrlicher Anblick, diese gewaltigen Wassermassen herabstürzen zu sehen!« Im nächsten Augenblick zuckte ein Gedankenblitz durch meinen Kopf und ich sagte zu mir: »Wäre es aber nicht noch viel wundervoller zu sehen, wie sie aufwärts stürzen?« – und ich wollte mich gerade totlachen, als die Natur in Tod und Krieg versank und ich um mein Leben rannte.

»Na also«, sagte sie triumphierend, »da haben wir es ja. Die Schlange erwähnte genau diesen Witz und bezeichnete ihn als – die erste Pflaume und die sei schon so alt wie die Schöpfung selbst.« Also, ich bin schuld! Wäre ich doch nicht so witzig! Hätte ich doch nicht so eine glänzende Idee gehabt!

Nächstes Jahr.

Wir haben es Kain getauft, sie hat es eingefangen, während ich weiter draußen im Land war, um zu jagen und Fallen zu stellen. Sie fing es, wie sie mir bei meiner Rückkehr erzählte, im Tannengehölz, ein paar Meilen südlich von der Erdwohnung, die wir uns angelegt haben. Es sieht uns gewissermaßen ähnlich und ist vielleicht irgendwie mit uns verwandt. Wenigstens glaubt dies Eva, aber meiner Meinung nach ist es ein Irrtum. Der gewaltige Unterschied in der Größe allein rechtfertigt schon die Annahme, dass es nur eine andere, noch neue Art Tier ist – vielleicht ein Fisch. Als ich es aber ins Wasser warf, um mir Gewissheit zu schaffen, sank es sofort unter, worauf sie ihm nachsprang und es herauszog, ohne mir die nötige Zeit zu lassen, die Sache durch meinen Versuch zu entscheiden. Ich bin aber noch immer der Überzeugung, dass es ein Fisch ist, während es ihr so gleichgültig zu sein scheint, was es ist, dass sie es mir um keinen Preis zu einem neuen Versuch überlassen will. Das verstehe ich nicht. Mir ist an ihr neuerdings überhaupt mancherlei unverständlich. Seit sie das Geschöpf im Hause hat, scheint ihre Natur verändert. Auf Versuche lässt sie sich schlechterdings nicht mehr ein. Sie hat auch noch nie auf ein Tier so große Stücke gehalten wie auf dieses, doch weiß sie mir keinen Grund dafür anzugeben. Ich glaube wirklich, sie hat ihre fünf Sinne nicht mehr beisammen. Bisweilen trägt sie den Fisch halbe Nächte lang in ihren Armen umher, wenn er jammert und winselt, weil er ins Wasser will, und wenn ich ihn dann nach dem nächsten Teich tragen und hineinwerfen möchte, so wehrt sie sich so sehr dagegen wie nur je, als sie noch bei Verstande war. Bei solchen Gelegenheiten kommt ihr dann wieder das Wasser aus den Gucklöchern in ihrem Gesicht; sie drückt den Fisch an ihre Brust, klopft ihn leise auf den Rücken, macht mit ihrem Munde allerlei Töne, die ihn beruhigen sollen, und ist ganz närrisch vor Sorge und

Angst um das Geschöpf. Ich habe sie früher dergleichen nie mit einem andern Fisch oder sonst irgendeinem Tier tun sehen und ich mache mir viel Kopfzerbrechens darüber. Ehe wir von unserm Grundstück vertrieben wurden, hat sie wohl auch von Zeit zu Zeit junge Tiger herumgetragen und ihr Spiel mit ihnen getrieben, aber doch nicht immerfort und niemals bei Nacht. Auch hat sie sich's nie so zu Herzen genommen, wenn ihnen das Frühstück nicht bekam.

 *Sonntag.*

Am Sonntag scheint sie sich's zur Regel zu machen, nicht zu arbeiten, sondern ganz erschöpft von der Wochenarbeit dazuliegen und den Fisch auf sich herumkriechen zu lassen. Dabei bringt sie allerlei Töne mit dem Munde hervor und behauptet, das belustige ihn; sie steckt sich auch seine kleinen Pfoten oder Vorderflossen in den Mund und er fängt an zu lachen. Mein Lebtag habe ich noch keinen Fisch lachen sehen und dabei kommen mir allerlei Zweifel. Der Sonntag gefällt mir jetzt selber ganz gut. Es ermüdet ja Körper und Geist zugleich, wenn man die Woche über fortwährend die Arbeit anderer beaufsichtigen muss. Da sollte es noch mehr Sonntage geben. In den früheren Zeiten, auf dem großen Grundstück, waren die Sonntage kaum zum Aushalten, jetzt fangen sie an, mir ganz gelegen zu kommen.

Mittwoch.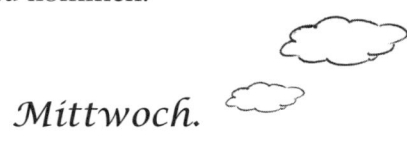

Es ist kein Fisch. Das weiß ich jetzt – aber darum kann ich noch lange nicht begreifen, was es eigentlich ist. Wenn es was haben will und bekommt es nicht gleich, macht es den tollsten und abscheulichsten Lärm. Wenn es aber hat, was es will, oder sonst zufrieden ist, sagt es „Gugu" oder etwas der Art. Es ist kein Mensch, denn es kann nicht gehen; es ist kein

Vogel, sonst könnte es fliegen; es ist kein Frosch, denn es hüpft nicht; und auch keine Schlange, weil es nicht kriechen kann. Dass es kein Fisch ist, weiß ich ebenfalls ganz bestimmt, obgleich ich nicht dazu kommen kann, es schwimmen zu lassen. Wenn Eva es nicht auf den Armen hat, liegt es meist am Boden auf dem Rücken und streckt die Füße in die Luft. Das habe ich noch bei keinem Tier gesehen. Ich glaube, es muss ein Riesenkäfer sein. Wenn es stirbt, will ich es auseinandernehmen, um seine innere Einrichtung zu untersuchen. Ich muss der Sache doch auf den Grund kommen.

Drei Monate später.

Die Geschichte wird immer rätselhafter. Ich kann kaum noch schlafen, weil sie mir so im Kopfe herumgeht. Das Geschöpf liegt nicht mehr am Boden, sondern kriecht auf seinen vier Füßen herum. Aber es unterscheidet sich wesentlich von den übrigen Vierfüßlern, denn seine Vorderbeine sind ungewöhnlich kurz. So ragt denn der Hauptteil seiner Person ganz unverhältnismäßig in die Höhe, was durchaus nichts Anziehendes hat. Im Übrigen ist es ganz so gebaut wie wir, doch beweist schon die Art seiner Fortbewegung, dass es nicht zu unserer Gattung gehört. Die Kürze der Vorder- und die Länge der Hinterbeine deuten darauf hin, dass es aus der Känguru-Familie stammt. Doch unterscheidet es sich auch hier wieder von dem wirklichen Känguru, denn es kann nicht hüpfen wie dieses. Es muss eine seltsame und interessante Abart sein, die bisher noch nicht katalogisiert worden ist. Da ich dieselbe entdeckt habe, halte ich mich auch für berechtigt, mir den Ruhm der Entdeckung für alle Zeiten dadurch zu sichern, dass ich dem neuen Geschöpf meinen Namen beilege. Ich habe es Kaengururum Adamiensis getauft. Es muss ein ganz junges Exemplar gewesen sein, als Eva es in dem Tannengehölz fing, denn es ist seitdem beständig gewachsen. Jetzt ist es wohl fünfmal so groß wie damals und wenn es etwas haben will und es nicht gleich bekommt, macht es dreißigmal mehr Lärm als früher. Zwang und Gewalt vermögen nichts dagegen auszurichten, im Gegenteil, sie machen die Sache nur noch schlimmer. Darum habe ich das Zwangs-System, mit dem ich es eine Zeit lang versuchte, wieder aufgegeben, zumal ich ihr gegenüber ohnehin damit einen besonders schwierigen Stand hatte. Sie besänftigt es immer mit Zureden und Schöntun und meistens damit, dass sie ihm alles gibt, was sie ihm zuerst rundweg abgeschlagen hat. Wie ich schon bemerkt habe, war ich nicht zu Hause, als sie es brachte. Sie sagte mir, sie habe es im Walde gefunden. Es ist unbegreiflich, dass es das Einzige seiner Art sein sollte, aber ich habe mich die ganze Zeit über müde und lahm gesucht, um ein zweites Exemplar zu finden, teils um es unserer Sammlung hinzuzufügen, teils als Spielgefährten für unseres. Es würde dann gewiss stiller sein und sich leichter zähmen lassen. Aber ich kann keines entdecken; auch nicht die leiseste Spur habe ich aufgefunden. Merkwürdig! Es kann doch gar nicht anders leben als auf dem Erdboden und wenn es sich vorwärtsbewegt, müsste es doch eine Fährte hinterlassen. Ich habe wohl ein Dutzend Fallen und Schlingen gelegt, aber nichts dadurch erreicht. Alle kleinen Tiere kann ich fangen, nur dieses nicht. Sie gehen meist aus Neugierde in die Falle, nur um zu sehen, wozu die Milch eigentlich dort aufgestellt ist, glaube ich. Trinken tun sie die Milch nie, sie werfen sie höchstens um.

Drei Monate später.

Unser adamitisches Känguru wächst noch immer fort, was höchst seltsam und beunruhigend ist. Ich habe noch nie gesehen, dass ein Känguru so lange braucht, um seine volle Größe zu erreichen. Es hat jetzt einen Pelz auf dem Kopf; gar nicht wie ein Kängurupelz, sondern viel eher wie unser eigenes Haar, nur dass es sich feiner und weicher anfühlt, und statt schwarz rot ist. Wenn das noch lange so fortgeht, verliere ich nächstens den Verstand über die tollen und unberechenbaren Sprünge in der Entwicklung dieses unklassifizierten zoologischen Naturspiels. Könnte ich nur ein zweites fangen – doch das ist eine ganz vergebliche Hoffnung. Es ist eine neue Art und von dieser das einzige Exemplar – so viel steht jetzt fest. Seit vorgestern ist mir auch noch der letzte Zweifel geschwunden. Ich hatte ein wirkliches Känguru gefangen und mit nach Hause gebracht, in dem Gedanken, dass das unserige in seiner Einsamkeit froh sein würde, wenigstens ein ihm einigermaßen verwandtes Tier zu begegnen. Unter Wildfremden, die nichts von seiner Art und Weise und seinen Wünschen und Begierden verstehen, musste es doch darin, wie ich glaubte, einen kleinen Trost finden. Aber welchen Missgriff hatte ich begangen. Es fiel bei dem bloßen Anblick des Kängurus in solche

Krämpfe, dass ich sofort wusste, es habe noch kein derartiges Geschöpf gesehen. Mir tut das kleine Tier Leid, denn es schreit bei der geringsten Gelegenheit, und ich kann nichts tun, um es glücklich zu machen oder zu sorgen, dass es sich bei uns wie unter seinesgleichen fühlt – und doch möchte ich es selbst jetzt gar nicht mehr missen. Wenn ich es nur wenigstens zähmen könnte – aber auch das ist ganz außer Frage. Und je mehr ich es versuche, umso schlimmer scheine ich es zu machen. Es schneidet mir geradezu ins Herz, das kleine Ding bei seinen Anfällen von Kummer und stürmischer Leidenschaft zu sehen. Eigentlich möchte ich, wir wären es wieder los; doch wage ich gar nicht den Wunsch auszusprechen. Denn erstens ist es mir doch nicht ganz ernst damit und zweitens würde Eva von einem solchen Vorschlag kein Wort hören wollen. Das scheint sehr grausam und selbstsüchtig von ihr – aber vielleicht hat sie doch recht. Es würde dann am Ende noch einsamer sein als vorher. Ist es mir nicht gelungen, ein zweites Exemplar seiner Gattung zu finden, so müsste es selber gewiss auch vergebens danach suchen.

Fünf Monate später.

Es ist kein Känguru! Nein, es kann sich seit wenigen Tagen selbst auf den Hinterbeinen aufrechterhalten, wenn es sich gleichzeitig mit einer seiner Vorderpfoten an ihrem hingestreckten Finger festhält. Über ein paar Schritte kommt es dabei freilich noch nicht hinaus, sondern fällt dabei jedes Mal bald wieder auf alle Viere zurück. Aber das genügt, um uns die Gewissheit zu verschaffen, dass es kein Känguru ist. Viel wahrscheinlicher, dass es eine Art Bär ist. Nur hat es keinen Schwanz und – wenigstens bis jetzt – kein haariges Fell, außer auf dem Kopf. Übrigens sind die Bären gefährlich – ich weiß das von jener Vernichtungsschlacht her. Ich werde diesem hier, so gerne ich ihn auch manchmal habe, nicht mehr lange erlauben, sich ohne Maulkorb herumzutreiben. Neulich habe ich wieder einen Versuch gemacht, Eva ein richtiges, ausgewachsenes Känguru zu versprechen, für welches sie dann dieses laufen lassen könnte. Aber alles, was ich damit erreichte, war, dass es aus den Sehlöchern in ihrem Gesicht förmlich wie Feuer sprühte und sie seitdem den kleinen Bären noch weniger als je von der Hand lässt. Ich fürchte, sie wird uns durch ihre Torheit in neue Gefahr bringen. Seit sie den Verstand verloren hat, ist sie wie umgewandelt.

Vierzehn Tage später.

Ich habe sein Maul untersucht. Noch ist es unschädlich; es hat erst einen Zahn. Auch einen Schwanz hat es noch immer nicht. Aber dafür macht es mehr Lärm als je zuvor. Vor allem in der Nacht. In den letzten beiden Nächten war es so arg, dass ich ausgezogen bin. Aber morgen gehe ich zum Frühstück hinüber und dann sehe ich nach, ob es noch mehr Zähne bekommen hat. Wenn es erst einmal das ganze Maul voll Zähne hat, wird es höchste Zeit sein, dass es verschwindet – Schwanz oder nicht Schwanz –, denn ein Bär braucht keinen Schwanz, um gefährlich zu sein.

Vier Monate später.

Ich bin wieder auf einem längeren Jagd- und Fischausflug fortgewesen in einer Region, die sie „Buffalo" nennt. Etwa einen Monat lang. In der Zwischenzeit hatte der Bär gelernt, sich ohne Hilfe und auf den Hinterbeinen allein fortzuhelfen und etwas, das wie „Poppa" und „Momma" klang, zu sagen. Es ist sicherlich eine ganz neue Art. Diese Töne, die sich ganz wie Worte anhören, mögen etwas rein Zufälliges sein und an sich gar nichts zu bedeuten haben. Aber selbst dann sind sie merkwürdig genug und jedenfalls etwas, was kein anderer Bär kann. Diese Ähnlichkeit mit menschlicher Rede, dazu das Fehlen des Pelzes und der vollständige Mangel eines Schwanzes beweisen zur Genüge, dass es nicht nur eine besondere, sondern eine ganz neue Art Bär ist. Inzwischen beabsichtige ich, seinetwegen auf eine neue Forschungsexpedition auszugehen und die großen Wälder weiter im Norden nach einem zweiten Exemplar zu durchsuchen.

Drei Monate später.

Es war ein langer und langweiliger Jagdausflug, von dem ich da eben zurückgekehrt bin, aber es war ganz und gar erfolglos. Was hat sie aber in der Zwischenzeit getan? Ohne sich vom Platze zu rühren und sich im Mindesten anzustrengen, hat sie unterdessen gerade auf dem neuen Grundstück ein zweites Exemplar eingefangen! Hat man je von solchem Glück gehört?

 *Tags darauf.*

Ich habe das neue Geschöpf genau mit dem alten verglichen und es ist gar kein Zweifel, dass sie vom gleichen Schlage sind. Ich äußerte den Wunsch, eines von ihnen für meine Sammlung auszustopfen. Aber sie ist gegen das Ausstopfen im Allgemeinen eingenommen und in diesem Falle wollte sie erst recht nichts davon wissen. So habe ich denn die Absicht wieder aufgeben müssen, obgleich ich denke, dass ich unter allen Umständen darauf hätte bestehen sollen. Man denke sich, dass sie plötzlich wieder abhanden kämen, und stelle sich den Verlust für die Wissenschaft vor, wenn nichts von ihnen zurückbliebe! Das ältere von beiden ist auch das weitaus zahmere. Es kann sogar plappern und lachen wie ein Papagei. Und da auch Papageien so viel um uns herum sind, bin ich überzeugt, dass es das alles, und die Gabe der Nachahmung überhaupt, von ihnen gelernt hat. Na, wer weiß, vielleicht kommt es zuletzt noch heraus, dass es selbst eine Art Papagei ist. Ich würde mich gar nicht darüber wundern, wenn ich bedenke, was es alles schon gewesen ist seit jenen ersten Tagen, als ich es für einen Fisch hielt. Das neue ist grade so hässlich, wie das andere zuerst war; es hat gelblich-rote Fleischfarbe und auf dem Kopf nur hier und da einen ganz leisen Ansatz von Pelz. Sie hat ihm auch schon einen Namen gegeben – Abel nennt sie es.

Zehn Jahre später.

Es sind Jungen! Wir wissen das jetzt schon seit geraumer Zeit. Nur ihre anfängliche Winzigkeit und Gestaltlosigkeit hat uns so lange irregeführt. Wir hatten es noch nicht erlebt, daher unsere lange Ungewissheit. Jetzt haben wir uns bereits daran gewöhnt – auch ein paar Mädel sind schon angekommen, Abel ist ein guter Junge. Aber wenn Kain ein Bär geblieben wäre, so würde das besser für ihn gewesen sein. Was mich anlangt, so sehe ich nach allen diesen Jahren ein, dass ich Eva zu Anfang Unrecht getan habe. Es ist besser, außerhalb des Gartens mit ihr zu leben als im Garten ohne sie. Ich meinte zuerst, sie spräche zu viel. Aber jetzt würde es mich aufs Tiefste betrüben, wenn diese Stimme verstummen und ich sie mein Lebtag nicht mehr hören sollte. Gesegnet sei der Apfelbiss, der uns zuerst einander so nahegebracht hat, dass ich ihre Holdseligkeit und die Güte ihres Herzens erkennen lernte! Ende.

Evas
Tagebuch

 ## Sonnabend.

Jetzt bin ich schon einen ganzen Tag alt. Gestern kam ich an. So erscheint es mir wenigstens. Und es muss wohl auch so sein, denn wenn es vorgestern schon einen Tag gegeben haben sollte, so habe ich ihn noch nicht erlebt. Denn sonst würde ich mich ja daran erinnern. Es kann natürlich sein, dass doch schon ein Tag da war und dass ich es nur nicht bemerkt habe. Also gut. Ich werde von jetzt an sehr gut aufpassen. Und wenn etwa doch noch einmal ein Tag vor gestern kommen sollte, so werde ich es gleich aufschreiben. Am besten fange ich der Reihenfolge nach an, damit meine Erinnerungen sich nicht verwirren! Irgendein Gefühl sagt mir, dass diese Einzelheiten eines Tages für die Geschichtsschreiber von Bedeutung sein werden. Denn ich komme mir vor wie ein Versuch, ja, ganz und gar wie ein Versuch. Unmöglich, dass eine Person sich jemals so sehr als ein Versuch empfunden hat wie ich.

Bin ich nun aber allein daran beteiligt? Nein, das möchte ich nicht meinen. Ich stelle nicht das Ganze des Versuchs dar. Es ist da noch ein Rest, der auch daran teilhat. Aber natürlich werde ich der Hauptbestandteil sein. Ist diese meine Stellung nun gesichert oder werde ich auf sie aufpassen und sie verteidigen müssen? Wohl eher Letzteres. Ich habe so die Ahnung, dass ständige Wachsamkeit der Einsatz für die Wahrung der Vorherrschaft sein wird. (Das scheint mir ein bemerkenswerter Satz von einer so jungen Person zu sein!)

Heute ist alles schon viel schöner anzuschauen als gestern. In der Hast des gestrigen Tagesablaufs blieben die Gebirge zerklüftet zurück und die Wiesen waren so mit Schutt und Überresten übersät, dass sie einen wahrhaft traurigen Anblick boten. Vornehme und herrliche Kunstwerke sollten nicht in solcher Hektik aufgebaut werden. Und diese majestätische neue Welt ist doch wirklich ein vornehmes und herrliches Kunstwerk – vor allem wenn man die Kürze der Zeit bedenkt, in der es geschaffen worden ist. So sind an einigen Stellen noch zu viele Sterne, an anderen zu wenig. Aber dem wird man zweifellos schnell abhelfen können. Letzte Nacht kam der Mond abhanden, er rutschte und fiel aus der Welt heraus. Ein wahrhaft schmerzlicher Verlust. Das Herz blutet mir, wenn ich daran denke. Denn keins von allen Schmuck- und Zierstücken kann sich mit ihm an Schönheit und Vollendung vergleichen. Man hätte ihn besser befestigen sollen. Wenn wir ihn nur wieder zurückbekommen könnten!

Niemand weiß, wo er hingeraten ist. Wenn einer ihn gefunden hat, dann wird der ihn versteckt halten. Ich selbst würde es ja nicht anders machen. Ich kann wohl sonst in jeder Beziehung von mir sagen, dass ich anständig bin. Aber ich darf sagen, dass der Kern, das Innerste meines Wesens, von leidenschaftlicher Liebe zum Schönen erfüllt wird. Nein, es wäre nicht ratsam, mir einen Mond anzuvertrauen, der einem anderen gehört, und sofern dieser andere nicht wüsste, dass ich ihn habe. Bei hellem Tageslicht würde ich ihn vielleicht noch aus Angst herausrücken, dass jemand ihn entdecken könnte. Wenn ich ihn jedoch im Dunkeln fände, so würde ich schon wissen, wie ich meinen Fund verschweige. Ich liebe nun mal die Monde, sie sind so hübsch und romantisch. Wenn wir doch fünf oder sechs von ihnen hätten. Ich würde überhaupt nicht mehr zu Bett gehen, ich würde nicht müde werden, auf dem Moosbett zu liegen und sie anzuschauen.

Sterne sind ja auch sehr niedlich. Ich würde mir so gern ein paar ins Haar stecken. Als sie gestern Nacht zuerst erschienen, habe ich einige mit einer Stange herunterholen wollen. Aber ich langte nicht bis zu ihnen hinauf. Dann versuchte ich es, schon ziemlich erschöpft, mit Erdklumpen, konnte aber keinen treffen. Ich bin nämlich Linkshänderin und kann nicht gut zielen.

Ich heulte ein bisschen, was ja in meinem Alter nur natürlich ist, nahm dann einen Korb und ging zum äußersten Rand des Erdkreises, wo die Sterne so dicht über dem Boden standen, dass ich sie mit der Hand pflücken konnte und sie nicht abzubrechen brauchte. Aber auch dort war der Abstand noch größer, als ich vermutet hatte. Ich war so erschöpft, dass ich keinen Schritt mehr gehen konnte. Außerdem waren meine Füße geschwollen und taten weh.

Es war mir unmöglich, nach Hause zurückzukehren. Es war auch kalt. Aber ich fand einige Tiger und so kuschelte ich mich zwischen sie. Das war höchst gemütlich. Ihr Atem war so süß und angenehm, sie ernähren sich nämlich von Erdbeeren. Ich hatte vorher noch keine Tiger gesehen, erkannte sie aber sofort an den Streifen. So ein Fell würde ein reizendes Kleid abgeben.

Heute weiß ich mit den Entfernungen schon besser Bescheid. Ich war so begierig auf alle hübschen Dinge, dass ich einfach nach ihnen griff. Aber oft waren sie viel zu weit weg oder zwar nah, aber hinter Dornen verborgen. Der Schaden machte mich klug. Und ich habe einen Grundsatz gefunden, ganz allein und für mich: Das gestochene Versuchsobjekt meidet den Dorn! Das ist eine beachtliche Leistung, wenn man bedenkt, wie jung ich bin.

Gestern Nachmittag habe ich den anderen Versuch verfolgt, ich wollte gern sehen, was es mit ihm eigentlich auf sich hat. Aber ich konnte nichts feststellen. Ich halte es für einen Mann. Ich habe zwar noch nie einen Mann gesehen, aber es sah so aus. Ich muss eingestehen, dass dieser Mann mir mehr Spaß macht als alle andern Reptilien. Ich möchte nämlich glauben, dass ein Mann ein Reptil ist. Denn er hat sprödes Haar, blaue Augen und sieht eben ganz wie ein Reptil aus. Hüften hat es kaum, verjüngt sich nach unten wie eine Mohrrübe und sieht, wenn es sich hinstellt, aus wie ein Kran. Es wird wohl ein Reptil sein, wenn es nicht ein Bauwerk ist.

Zuerst hatte ich vor ihm Angst und war immer bereit davonzulaufen, sobald es sich einmal umdrehte. Ich glaubte, dass es mich jagen wollte. Doch so nach und nach merkte ich, dass es nur bemüht war, mir zu entkommen. So war ich bald nicht mehr furchtsam, sondern blieb mehrere Stunden auf seinen Fersen. Davon wurde es nervös und übellaunig. Zuletzt war es ziemlich wütend und kletterte auf einen Baum. Ich wartete noch eine Weile, gab dann auf und kehrte um.

Heute dieselbe Geschichte. Wieder habe ich es auf die Palme gejagt.

Sonntag.

Es sitzt schon wieder oben. Ruht sich scheinbar aus. Aber das ist nur ein Vorwand. Denn Sonntag ist doch kein Tag der Ruhe. Dafür ist der Sonnabend da. Aber dieses Geschöpf scheint mehr für das Faulenzen als für alles andere zu sein. Ich würde schläfrig werden von so vielem Dösen. Es ermüdet mich schon, hier herumzusitzen und den Baum im

Auge zu behalten. Möchte mal wissen, wozu dieser Mann eigentlich da ist, ich habe ihn noch nie etwas tun sehen.

In der vergangenen Nacht brachten sie den Mond zurück. Ich war sehr glücklich. Das ist doch wirklich sehr anständig von den Findern! Er rutschte zwar abermals ab und war verschwunden, aber das machte mir keine Sorgen mehr. Wenn man solche Nachbarn hat, braucht man sich nicht zu beunruhigen. Sie bringen ihn schon wieder zurück. Ich würde ihnen zum Dank gern einige Sterne schicken, wir haben davon ja mehr, als wir gebrauchen können. Dabei meine ich natürlich nur mich, nicht uns, denn ich habe schon bemerkt, dass das Reptil sich aus solchen Dingen nichts macht.

Es hat einen gewöhnlichen Geschmack und ist gar nicht nett. Als ich gestern Abend in der Dämmerung anlangte, war es herabgekrochen und versuchte, die kleinen bunten Fische im Teich zu fangen. Ich musste es mit Erdklumpen aufscheuchen und auf seinen Baum jagen. Ist es vielleicht für solche Scherze da? Ja, hat es denn gar kein Herz? Und kein Gefühl für diese kleinen Wesen? Einer der Erdklumpen traf es am Ohr. Da begann es zu sprechen. Das ging mir durch und durch. Es war das erste Mal, dass ich jemand außer mir selbst sprechen hörte. Die einzelnen Worte konnte ich nicht verstehen, aber sie schienen sehr Böses zu meinen.

Als ich hörte, dass es sprechen konnte, wurde mein Interesse noch reger. Denn ich liebe das Reden. Ich rede den ganzen Tag, sogar im Schlaf – ich denke schon, dass ich sehr anregend bin. Aber wenn ich noch einen Zweiten zum Reden hätte, so wäre es natürlich noch viel interessanter. Da würde ich – falls gewünscht – überhaupt nicht mehr aufhören.

Wenn dieses Reptil wirklich ein Mann sein sollte, dann wäre es ja kein Es. Das wäre dann grammatikalisch nicht richtig. Es wäre vielmehr ein „Er“. Und folgerichtig lautet der Nominativ: er, der Dativ: ihm, das Possessivpronomen: sein. Also, ich will mich daran halten und „Er" zu ihm sagen. Daran werde ich mich so lange halten, bis es sich herausstellt, dass es etwas anderes ist – das ist jedenfalls angenehmer als die dauernde Ungewissheit.

Am Sonntag darauf.

Die ganze Woche hindurch bin ich ihm gefolgt und habe versucht, mich mit ihm bekannt zu machen. Natürlich sprach ich ihn an, denn er war schüchtern, aber das stört mich nicht weiter. Er schien erfreut darüber zu sein, mich um sich zu haben, und ich gebrauchte möglichst oft das vertrauliche „Wir", weil ihm das zu schmeicheln schien.

Mittwoch.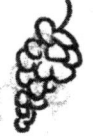

Wir zwei werden immer besser miteinander bekannt. Er versucht nicht mehr, mir zu entkommen, und lässt merken, dass ihm meine Gesellschaft gefällt. Das macht mich froh, ich versuche, mich so nützlich wie möglich zu machen, um seine Aufmerksamkeit auf mich zu ziehen. In den letzten Tagen habe ich ihm die ganze Arbeit des Bezeichnens der Gegenstände abgenommen. Er ist dafür sichtlich dankbar, weil ihm selbst die Begabung dafür fehlt. Als sich zum Beispiel ein Dodo zeigte, glaubte er, dass es eine Wildkatze sei. Ich bewahrte ihn vor dem Irrtum und gab mir Mühe, das auf eine Weise zu tun, die ihn nicht verletzte. „Soll mich doch wundern", rief ich sofort aus, „wenn dort nicht der Dodo kommt!" Ich erklärte ihm so nebenhin, weshalb ich wüsste, dass es ein Dodo sei. Er war ja ein bisschen verärgert darüber, dass ich das neue Geschöpf sogleich erkannte, doch konnte er nicht verhehlen, dass er mich auch bewunderte. Noch beim Einschlafen freute ich mich darüber. Wie glücklich können uns doch die kleinsten Erfolge stimmen, wenn wir das Gefühl haben, wir hätten sie auch verdient!

Donnerstag.

Mein erster Kummer. Gestern mied er mich und schien nicht zu wünschen, dass ich mit ihm spräche. Ich wollte es nicht recht glauben. Wie konnte er so unfreundlich zu mir sein, da ich ihm doch nichts getan hatte? Aber ich konnte es nicht ändern und setzte mich allein auf den Platz, wo wir uns am Morgen, als wir geschaffen worden waren, zuerst gesehen hatten. Damals hatte ich ihn nicht weiter beachtet. Jetzt aber wurde ich überall und durch alles an ihn erinnert und das Herz war mir schwer. Weshalb ich eigentlich so traurig war, wusste ich nicht. Es war dies ein neues Gefühl, das ich noch nicht erfahren hatte, es war ganz geheimnisvoll, ich fand mich nicht zurecht.

Als jedoch die Nacht kam, konnte ich das Alleinsein nicht mehr aushalten und ging zu dem neuen Schutzdach, das er sich gebaut hatte. Ich wollte ihn fragen, was ich denn verbrochen hätte, und wollte versuchen, seine

Freundschaft zurückzugewinnen. Er aber trieb mich in den Regen. Mein erster großer Kummer.

Sonntag.

Jetzt ist er wieder nett und ich bin glücklich. Aber die letzten Tage waren schrecklich. Ich bemühe mich, nicht mehr an sie zu denken.

Ich versuchte, für ihn einige jener Äpfel herunterzuholen, aber ich habe noch zu wenig Übung im genauen Zielen. Ich möchte jedoch glauben, dass auch mein guter Wille ihn schon erfreut hat. Die Äpfel sind nämlich verboten. Und er meint, dass ich Ärger bekommen würde. Aber Ärger kümmert mich wenig, wenn ich ihm nur eine Freude machen kann!

Montag.

Heute Morgen sagte ich ihm meinen Namen und hoffte, dass ihn das interessieren würde. Dem war aber nicht so. Sonderbar. Ich zum Beispiel würde mich doch freuen, wenn er mir seinen Namen sagen würde. Er würde meinen Ohren schöner klingen als jedes andere Geräusch.

Überhaupt spricht er wenig, vielleicht deshalb, weil er nicht sehr helle ist und weil er das weiß und gern verbergen möchte. Schade, dass er so denkt. Was ist denn schon Verstand? In unserem Herzen ruhen die wahren Werte. Ich wünschte so sehr, ihm begreiflich machen zu können, dass ein liebendes, gutes Herz den wahren Reichtum ausmacht und dass der Verstand allein eine Armseligkeit ist.

Aber wenn er auch wenig spricht, so besitzt er doch einen ansehnlichen Wortschatz. Heute morgen sprach er ein überraschend gutes Wort. Er hat das selbst gemerkt, denn er hat es später noch zweimal angewandt. Wie kam er zu diesem Wort? Ich kann mich nicht entsinnen, es jemals gebraucht zu haben.

Also, ich war betrübt darüber, dass ihn mein Name nicht interessierte, setzte mich draußen auf die Moosbank und ließ die Füße ins Wasser hängen. Ich gehe immer dorthin, wenn ich Sehnsucht nach Gesellschaft und Unterhaltung habe. Jener entzückende weiße Körper, der sich dann im Wasser zeigt, genügt meinen Wünschen zwar nicht ganz. Aber es ist doch wenigstens jemand da und das ist immer noch besser als die völlige Einsamkeit. Der Körper spricht, sobald ich spreche, ist traurig, wenn ich traurig bin, und tröstet mich mit Worten wie: „Verliere nicht den Mut, du armes, freudloses Mädchen. Ich möchte deine Freundin sein."

Ja, sie ist mir eine gute Freundin, wie eine Schwester.

Nie werde ich vergessen, wie die Schwester mir das erste Mal unterging! Mein Herz blieb mir stehen. Ich klagte: „Sie war mein ein und alles, und nun hat sie mich verlassen!" Und in meiner Verzweiflung schrie ich auf: „Zerbrich, mein Herz, ich will nicht länger leben!" Und ich barg mein Gesicht in den Händen und konnte mich nicht trösten. Als ich jedoch das Gesicht nach einer Weile wieder erhob, war sie wieder da, weiß leuchtend und herrlich. Und ich stürzte mich in ihre Arme.

Ich war so glücklich wie noch nie zuvor. Ja, ich war verzückt. Seitdem ängstigte ich mich nicht mehr so. Oft blieb sie weg, manchmal für eine Stunde oder auch für einen ganzen Tag. Ich aber wartete geduldig und sagte zu mir: „Sie hat zu tun, ist vielleicht auch unterwegs. Aber sie wird bestimmt wiederkommen." Und so war es dann auch, immer erschien sie wieder. In dunklen Nächten kam sie nie, denn sie ist ein furchtsames kleines Mädchen. Doch sobald Mondschein war, zeigte sie sich. Ich selbst fürchte mich nicht vor dem Dunkel – aber sie ist ja auch jünger. Wie oft habe ich sie nun schon besucht! Sie ist mir Trost und Zuflucht, sobald das Leben zu schwer wird.

Dienstag.

Den ganzen Morgen habe ich mich auf dem Besitz zu schaffen gemacht und hielt mich absichtlich fern in der Hoffnung, dass er sich allein fühlen und kommen würde. Aber er kam nicht.

Gegen Mittag ließ ich es für diesen Tag genug sein und erholte mich, indem ich mit den Bienen und Schmetterlingen herumschwärmte und mich an den Blumen ergötzte, diesen wundervollen Geschöpfen, die das Lächeln Gottes aus dem Himmel saugen und in sich bewahren. Ich pflückte sie, wand sie zu Girlanden und schmückte mich mit ihnen. Dann nahm ich mein zweites Frühstück ein, das natürlich aus Äpfeln bestand. Dann setzte ich mich in den Schatten und erwartete ihn. Er blieb aus.

Und wenn schon – nichts würde ihn zum Kommen bewegen, da er sich aus Blumen nichts macht. Er sagt, dass sie Plunder seien, kann sie nicht voneinander unterscheiden und bildet sich dabei auch noch ein, dass es vornehm sei, so zu denken. Ich mache ihm keinen Eindruck, Blumen machen ihm keinen Eindruck, der malerische Himmel am Abend macht ihm keinen Eindruck – ja, was kümmert ihn denn überhaupt außer dem Bau von Schutzdächern, um sich vor dem schönen, reinen Regen zu verkriechen, oder dem Aushöhlen von Melonen, außer Weinranken zu ziehen und die Früchte in den Bäumen zu betasten, um festzustellen, ob sie gut gedeihen?

Ich legte ein Stückchen Holz vor mich hin und wollte mit einem anderen ein Loch hineinbohren, hatte so eine bestimmte Idee dabei, bekam aber plötzlich einen mächtigen Schreck. Ein feines, durchsichtiges bläuliches Band stieg aus der Höhlung. Ich ließ alles stehen und liegen und lief davon. Ich glaubte, dass es ein Geist wäre, und zitterte vor Angst. Doch wie ich zurückblickte und sah, dass er mir nicht folgte, lehnte ich mich an einen Felsen und schöpfte dort Atem, bis sich das Zittern in den Gliedern beruhigt hatte. Dann schlich ich behutsam zurück, bereit, jeden Augenblick zu fliehen, gelangte in die Nähe der alten Stelle, teilte die Zweige eines Rosenbusches auseinander, blinzelte hindurch und wünschte mir dabei sehr, dass der Mann mich doch so sehen könnte. Ich muss sehr apart und reizvoll ausgesehen haben. Der Geist war nicht mehr da. Ich trat hinzu. In der Höhlung schwebte ein zarter, rosenroter Nebel. Ich steckte meinen Finger hinein, schrie: „Autsch!", und zog ihn schnell wieder zurück. Ich schob den Finger in den Mund und beruhigte den Schmerz, indem ich jammernd von einem Bein auf das andere trat. Meine Neugier jedoch war stärker und ich begann zu überlegen. Ich wollte unbedingt wissen, was das für ein roter Nebel war. Und mit einem Mal hatte ich seinen Namen auf der Zunge, obwohl ich ihn nie zuvor gehört hatte. Das war Feuer! Ganz bestimmt war das Feuer.

Wieder einmal hatte ich etwas geschaffen, das vorher nicht da gewesen war, hatte den zahllosen Schätzen der Schöpfung einen neuen hinzugefügt. Ich war sehr stolz auf meine Tat und wollte den Mann suchen und ihm alles erzählen. Das musste mich doch in seiner Achtung beträchtlich heben. Dann aber besann ich mich und unterließ es. Nein, er würde sich auch darum nicht kümmern. Er würde mich fragen, zu was es nütze sei. Was sollte ich darauf antworten? Denn es war ja zu nichts nütze, war nur schön, ganz besonders schön.

Ich wollte hinlaufen und das Feuer vor lauter Begeisterung an meine Brust drücken, mäßigte mich aber dann. Ich fand ganz von allein einen zweiten Grundsatz, der allerdings dem ersten so sehr ähnelte, dass man schon von einem Plagiat hätte sprechen können. „Der gebrannte Versuch scheut das Feuer."

Ich rieb von Neuem drauflos. Nachdem ich genügend Feuernebel verursacht hatte, hüllte ich ihn in eine Handvoll dürren, braunen Grases, um ihn mit nach Hause zu nehmen und damit zu spielen. Dann aber kam ein Wind. Das Feuer sprang auf und züngelte mich drohend an. Ich ließ es fallen und lief davon. Als ich zurücksah, türmte der blaue Geist sich hinten auf und streckte und wälzte sich gleich einer Wolke. Und wieder wusste ich sofort den Namen: Das war Rauch!

Alsbald schossen glühende gelbe und rote Fahnen durch den Rauch. Das waren Flammen. Daran konnte kein Zweifel sein, obwohl es die allerersten Flammen der Schöpfung waren. Sie krochen an den Bäumen empor, flackerten herrlich weit über die Steppe und entwickelten gewaltige Massen von wirbelndem Rauch. Ich musste die Hände zusammenschlagen und lachte und tanzte vor Entzücken. Dieser Anblick war gar zu ungewohnt und herrlich!

Er kam herbeigeeilt, hielt inne, starrte hinüber und blieb für Minuten stumm. Dann fragte er mich, was das wäre. Wie dumm, dass er mich so direkt fragte! Jetzt musste ich ihm natürlich Rede stehen, sagte ihm also, dass es

Feuer wäre und dass ich nichts dafür könnte, wenn es ihn langweile. Weshalb hätte er mich denn gefragt! Es wäre wirklich nicht meine Absicht, ihn zu langweilen. Nach einer Weile wollte er wissen, wie es entstanden sei.

Zögernd gestand ich ein: „Ich habe es gemacht."

Das Feuer wanderte weiter und weiter. Er trat an den Rand des ausgebrannten Platzes und fragte: „Und was ist das?"

„Holzkohle."

Er nahm ein Stück auf und besah es sich, ließ es dann wieder fallen und ging davon. Nein, nichts, aber gar nichts interessiert ihn!

Um so wissbegieriger war ich. Da gab es Asche, grau und weich und fein war die – ja, ich kannte mich abermals sofort aus. Und dies hier war noch glühende Asche. Ich holte Äpfel und scharrte sie ein. Ich bin noch sehr jung und mein Appetit ist groß. Ich wurde enttäuscht. Die Äpfel waren alle geborsten und verdorben. Aber es schien nur so. Sie schmeckten jetzt besser als roh. Feuer ist etwas Wundervolles. Und ich glaube, dass man es eines Tages auch noch anwenden kann.

Freitag.

Am letzten Montag bei Einbruch der Nacht sah ich ihn wieder für einen Augenblick. Ich hoffte, dass er mich dafür loben würde, dass ich seinen Besitz so gut in Ordnung hielt. Ich hatte mein Bestes getan und hart gearbeitet. Aber er schien nicht zufrieden zu sein, kehrte sich ab und ließ mich stehen. Er war darüber verstimmt, dass ich ihm hatte ausreden wollen, über die Wasserfälle zu klettern. Das Feuer nämlich hatte in mir ein anderes, neues Gefühl wachgerufen, das sich von Kummer und Liebe und allem andern deutlich unterschied: Angst! Sie ist entsetzlich. Hätte ich sie doch niemals kennengelernt! Sie bereitet trübe Stunden, zerstört die Zufriedenheit und lässt mich zittern und erschauern. Aber es gelang mir nicht, ihn zu überreden. Er hat die Angst noch nicht kennengelernt und verstand mich nicht.

Auszug aus Adams Tagebuch

Vielleicht sollte ich daran denken, dass sie noch sehr jung ist, ein kleines Mädchen, und nicht so streng mit ihr sein. Sie ist voller Neugier, Eifer und Leben. Für sie ist die Welt ein Zauber, ein Wunder, ein Geheimnis, eine Freude. Sie ist sprachlos vor Entzücken, wenn sie eine neue Blume entdeckt. Sie muss sie streicheln und liebkosen, an ihr riechen und zärtlich mit ihr reden.

Sie ist ganz versessen auf Farben: Felsen sind braun, Sand ist gelb, Flechten sind grau, Blätter sind grün, der Himmel ist blau; der Perlenschimmer der Dämmerung, die Purpurschatten auf den Bergen, goldene Inseln schwimmen bei Sonnenuntergang im scharlachroten Meer, der bleiche Mond segelt durch zerfetzte Wolkenschleier, diamantengleich glitzern Sterne in den Weiten des

Weltraums – und soweit ich das sehe, hat nichts von all diesen Dingen irgendeinen praktischen Wert. Aber ihr genügt es, dass sie bunt und prächtig sind, um darüber außer Rand und Band zu geraten.

Wenn sie doch nur mal schweigen und ab und zu für ein paar Minuten still sein würde, wäre das ein erholsames Erlebnis. Dann wäre es mir auch eine Freude, sie anzuschauen. Allmählich wird mir bewusst und das wird mir immer klarer, dass sie ein bemerkenswert schönes Geschöpf ist: geschmeidig, schlank, gepflegt, wohlgeformt, schnell, anmutig. Einmal sah ich sie, als sie angestrahlt von der Sonne alabasterhell auf einem Felsblock stand, mit zurückgelehntem Kopf, die Augen mit ihrer Hand beschattend schaute sie einem Vogel hinterher – da erkannte ich ihre Schönheit.

Montag Mittag.

Falls es irgendetwas auf diesem Planeten geben sollte, an dem sie nicht interessiert wäre, so ist es mir jedenfalls noch nicht begegnet. Es gibt einige Tiere, die mir durchaus gleichgültig sind, aber sie empfindet nicht so. Sie unterscheidet nicht, alle sind ihr willkommen, so wie sie sind, jedes einzelne ist für sie etwas Besonderes.

Als der gewaltige Brontosaurus in unser Lager getrampelt kam, betrachtete sie ihn wie ein günstiges Angebot, ich dachte eher an eine Katastrophe. Das ist ein anschauliches Beispiel für die fehlende Übereinstimmung unserer Ansichten. Sie wollte ihn dressieren, ich dagegen wollte ihm lieber unsere Hütte überlassen und die Beine unter den Arm nehmen. Sie war zu ihm freundlich und behandelte ihn wie ein niedliches Schoßtier. Ich gab zu bedenken, dass ein über sechs Meter großes und sechsundzwanzig Meter langes Schoßtier nicht als niedlich bezeichnet werden könnte, vor allem wenn es, wenn auch ohne böse Absicht und ohne gar ärgerlich oder gar wütend zu sein, sich auf unsere Behausung setzen und es zerquetschen könnte, schließlich müsse man seinen irren Blick beachten.

Aber sie hatte es sich nun einmal in den Kopf gesetzt, dieses Monster zu behalten, und wollte nicht von ihm lassen. Sie wollte, dass wir mit ihm eine Molkerei eröffnen, und bat mich, ihr beim Melken zu helfen. Ich schlug das Angebot aus, das war mir zu gefährlich. Außerdem war es ein Männchen und wir hatten auch keine Leiter. Dann wollte sie ihn als Reittier verwenden und von oben die Landschaft betrachten. Sein Schwanz lag wie ein gefällter neun oder zwölf Meter langer Baum auf dem Boden und sie glaubte, daran hochklettern zu können. Doch das war ein Irrtum, denn der steile Anstieg war zu glitschig, sie rutschte ab und hätte sich verletzt, wenn ich sie nicht aufgefangen hätte.

Sah sie nun die Gefahr ein? Mitnichten. Nur Tatsachen können sie überzeugen. Von spekulativen Theorien will sie nichts wissen. Ich gebe ja zu, dass das eine ganz vernünftige Einstellung ist, mit der ich mich anfreunden könnte, und natürlich beeinflusst sie mich auch. Wenn ich mit ihr mehr zusammen wäre, könnte sie mich sogar überzeugen.

Mit dem Monster hatte sie noch eine andere Idee: Sie überlegte, dass wir das Monster, wenn es sich zähmen ließe, in den Fluss stellen und als Brücke benutzen könnten. Es zeigte sich, dass sich das Monster, zumindest soweit es sie betraf, friedlich verhielt, und darum versuchte sie, ihren Plan auszuführen. Aber es misslang: Jedes Mal, wenn sie das Monster so in den Fluss gelockt hatte und sie ans Ufer stieg, um ihn auf seinem Rücken überqueren zu können, folgte es ihr und umkreiste sie wie ein riesengroßes Schoßtierchen. Wie es die anderen Tiere auch tun. So verhalten sie sich alle.

Evas Tagebuch
Fortsetzung

Sonnabend, Dienstag, Mittwoch und Donnerstag ...

... habe ich ihn nicht zu Gesicht bekommen. Aber es ist immer noch besser, allein als nicht willkommen zu sein. Da ich jedoch schon ganz krank vor Sehnsucht nach Geselligkeit war, so freundete ich mich mit einigen Tieren an. Sie sind liebenswürdig und zeigen die feinsten Umgangsformen. Niemals blicken sie mürrisch drein, nie fühlen sie sich von einem belästigt. Sie lächeln, wiegen die Hüften, sofern sie welche haben, und sind stets bereit, an einem Ausflug, oder was immer man auch vorschlägt, teilzunehmen. Die ganzen Tage haben wir uns herrlich die Zeit vertrieben und ich fühlte mich nicht mehr so verlassen. Nein, es war ja immer ein ganzer Schwarm um mich herum, all die bunten und schön gestreiften Tiere und die schwirrenden Schwärme geselliger Vögel. Da hatte man doch genug zu träumen und zu schwelgen, wenn man die Augen zum Schlafen schloss.

Wir haben lange Wanderungen zusammen unternommen. Ich glaube, dass ich beinahe die ganze Welt gesehen habe. So bin ich der erste und einzige Reisende. Unser Zug bot ein eindrucksvolles Bild, das so leicht nicht übertroffen werden kann. Ich ritt auf einem Tiger oder Leoparden. Sie sind so schön sanft, haben weiche Rücken, auf denen es sich sehr bequem sitzt, und sind prachtvoll anzuschauen. Über größere Entfernungen oder zur besseren Aussicht ritt ich auf Elefanten. Sie heben mich mit ihren Rüsseln auf ihren Rücken. Hinunter komme ich alleine. Sie gehen in die Knie und ich rutsche über den Rüssel hinab.

Die Vögel und Tiere sind gut Freund miteinander. Niemals streiten sie sich. Sie können alle sprechen. Aber es muss eine andere Sprache sein, ich kann kein einziges Wort verstehen. Sie aber verstehen meine Antworten viel besser, besonders der Hund und der Elefant. Ich schäme mich darüber. Sie sind also klüger als ich und mir überlegen. Und ich wollte doch gern der bedeutendste Versuch sein. Ich lasse auch noch nicht von der Überzeugung, dass ich es wirklich bin.

Ich habe viel gelernt, meine Erziehung ist jetzt vollendet. Zuerst war ich ja ein ahnungsloses Ding. Früher habe ich gelauert und gelauert, dass das Wasser doch einmal bergauf laufen möchte. Heute weiß ich, dass es das nur im Dunkeln tut. Der Teich trocknet nämlich niemals aus, was nicht der Fall wäre, wenn das Wasser nicht in der Nacht zu ihm zurückkehren würde. Man muss die Dinge immer in ihrem wirklichen Verlauf beobachten. Nur das macht klüger. Viele Dinge lassen sich niemals durchschauen, schon gar nicht durch Raten oder Vermutungen. Man muss so lange probieren, bis man herausfindet, dass es nichts herauszufinden gibt. Das ist schön, Geheimnisse sind so interessant. Sogar der Versuch, etwas herauszufinden, das sich nicht herausfinden lässt, ist genauso interessant wie der Versuch, das herauszufinden, was man endlich herausfindet, vielleicht sogar interessanter. Das Rätsel des Wassers war für mich ein Geheimnis, bis ich es löste. Dann war nichts mehr zu entdecken und es war beinahe langweilig.

Durch Versuche habe ich herausgefunden, dass Holz, Blätter und Federn sowie viele andere Dinge schwimmen. Also schlussfolgere ich, dass auch ein Stein schwimmt. Das ist allerdings eine Hypothese, die ich noch nicht beweisen kann. Aber ich werde einen Weg finden, allerdings verliert sich dann auch die Neugier über diese Sache. Es ist traurig: Im Laufe der Zeit werde ich alle Rätsel gelöst haben und nichts wird mich mehr neugierig machen. Dabei liebe ich diese Neugier über alles, kürzlich lag ich die ganze Nacht wach, um über diese Fragen nachzudenken.

Zu Beginn wusste ich nicht, wozu ich eigentlich da sei. Heute glaube ich, dass ich die Geheimnisse dieser wundervollen Schöpfung entdecken und dem Schöpfer für all seine Gaben dankbar sein soll.

Ich denke, dass ich noch viel lernen muss, ich hoffe es jedenfalls. Wenn ich streng nach Plan vorgehe, werde ich noch einige Wochen zu tun haben. Wenn man eine Feder in die Luft wirft, dann schwebt sie davon. Wirft man dagegen einen Lehmklumpen in die Höhe, fällt er herunter. Ich habe es immer wieder versucht, immer passiert das Gleiche. Warum ist das so? In Wirklichkeit fällt der Klumpen natürlich nicht wieder herunter, es ist nur eine optische Täuschung. Vielleicht ist es auch die Feder – ich kann es noch nicht eindeutig beweisen. Ein Fall von beiden ist jedenfalls Schwindel – welcher von beiden? Das kann jeder für sich entscheiden.

Ich habe beobachtet, dass die Sterne nicht für die Ewigkeit gemacht sind. Einige der schönsten habe ich zerschmelzen und vom

Himmel fallen sehen. Wenn aber einer schmelzen kann, dann können das alle, auch in einer einzigen Nacht. Irgendwann wird die Katastrophe kommen. Ich will nun jede Nacht aufbleiben und die Sterne beobachten, bis ich müde werde. Ich möchte die glitzernden Lichter meinem Gedächtnis einprägen. Dann kann ich sie, wenn sie einmal verschwunden sind, aus meinem Geist an den dunklen Himmel zurückversetzen und dort funkeln lassen. Ich werde sie sogar doppelt sehen: durch den Schleier meiner Tränen.

Nach dem Sündenfall
(Auszug aus Evas Tagebuch)

Wenn ich zurückdenke, so erscheint mir der Garten wie ein Traum. Wie über alle Begriffe schön war er doch! Nun ist das alles dahin, für immer.

Ja, der Garten ist uns verloren. Aber ich habe ihn gefunden und bin zufrieden. Er liebt mich, wie er nur kann. Und ich liebe ihn mit allen Kräften meiner leidenschaftlichen Natur. So ist es meiner Jugend und meinem Geschlecht angemessen. Wenn ich mich frage, weshalb ich ihn eigentlich liebe, so weiß ich nichts zu erwidern. Diese Liebe ist wohl kein Erzeugnis der Vernunft und der Beobachtungen wie jene zu den Tieren und Blumen. Ich liebe zum Beispiel die Vögel wegen ihres schönen Gesanges. Adam liebe ich nicht um seines Gesanges willen, nein, wahrhaftig nicht. Je mehr er singt, umso weniger kann ich mich damit anfreunden. Und dennoch bitte ich ihn, doch zu singen, weil ich es lernen will, alles das gern zu mögen, was ihm Freude macht.

Ich liebe ihn auch keineswegs um seines Verstandes willen. Man kann ihm seinen geringen Verstand nicht zum Vorwurf machen, er hat sich ja nicht selbst geschaffen. Der liebe Gott wird schon gewusst haben, weshalb er ihm nicht mehr Klugheit mitgab – eines Tages wird sich das schon zeigen. Aber damit hat es keine Eile. Er ist mir recht, so wie er ist. Und ich liebe ihn auch nicht wegen seines anhänglichen und nachdenklichen Wesens. Daran lässt er es sogar noch manchmal fehlen. Aber ich nehme ihn gern hin, so wie er ist. Außerdem macht er Fortschritte in Fragen der Höflichkeit und Rücksicht.

Und ich liebe ihn auch nicht um seiner Kunstfertigkeit willen, die er zu meinem Schmerze möglichst vor mir geheim hält, und auch nicht um seines Wissens willen, das er sich erworben hat und das oft nicht stimmt.

Auch seine Ritterlichkeit ist es nicht. Er sprach mich an, ich bin ihm deshalb nicht gram. Das liegt wohl so in der Besonderheit seines Geschlechts, für das er nichts kann. Ich meinerseits hätte es nie und nimmer vermocht, ihn anzusprechen, ich wäre lieber in die Erde gesunken. Aber das ist nun wiederum eine Eigentümlichkeit meines Geschlechts, auf die ich mir nichts einbilden darf, da ich mich ja nicht geschaffen habe.

Weshalb also, weshalb liebe ich ihn dann? Ach, es ist wohl einfach seine Männlichkeit?

Im Grunde ist er gut. Ich liebe ihn dafür. Aber ich würde ihn auch noch lieben, wenn er mich schlagen und misshandeln würde. Er ist stark und geschickt. Ich liebe ihn dafür und bin stolz auf ihn. Wenn er jedoch schwach und krank wäre, würde ich ihn nicht weniger lieben, nein, ich würde für ihn arbeiten, ihm sklavisch ergeben sein und an seinem Bette wachen.

Und so liebe ich ihn wohl einfach nur deshalb, weil er mein und eben mein Mann ist.

Ich finde keinen anderen Grund. Und es ist schon so, wie ich vorhin gesagt habe: Diese Liebe kommt von keiner Vernunft und von keiner Erfahrung. Sie kommt einfach – niemand weiß woher – und lässt sich nicht erklären. Und … braucht auch nicht erklärt zu werden.

So denke ich heute. Aber ich bin nur eine Frau und die erste, die über diese Fragen nachgedacht hat. Es mag sich herausstellen, dass ich mich in meiner Unwissenheit und mangelnden Erfahrung geirrt habe.

Vierzig Jahre später

(Auszug aus Evas Tagebuch)

Dies ist meine ständige, sehnliche Bitte: dass wir dereinst gemeinsam aus diesem Leben scheiden können. Und dieser Wunsch wird im Herzen eines jeden liebenden Weibes wohnen. Bis zum Ende aller Zeiten. Und man wird das nach mir benennen.

Wenn aber der eine von uns zuerst gehen muss, so flehe ich darum, dass ich es sein darf. Er ist stark. Ich bin schwach. Er braucht mich nicht so notwendig wie ich ihn. Ein Leben ohne ihn würde für mich kein Leben mehr sein. Und auch diese Bitte ist unsterblich und wird so lange ausgesprochen werden, als mein Geschlecht auf Erden besteht. Ich bin das erste Weib. Und noch im letzten werde ich mich wiederholen.

Adams Inschrift auf Evas Grab:

WO IMMER SIE WAR, DA WAR EDEN